この恋じゃない

佐倉麻里子

Mariko Sakura

ユニヴェール23

書肆侃侃房

この窓じゃない＊もくじ

装画　mame

この窓じゃない

知らなくていい

いつもなら挨拶だけのおじさんが「楽しみだね」と指さす桜

写真付きの身分証ひとつも無くて私は私で合っていますか

引っ越しをしたことはなくはっきりと家族の足音聞き分けてしまう

ストリートビューで眺める街並みの日差しが夏で待ち遠しくて

母さんの靴下だけが五本指母さんにだけ旧姓がある

「ゆううつ」とフリック入力する指が軽快すぎるから見においで

接客の仕事を終えて妹は無口に戻る　おかえりなさい

友達が時々欲しくなる素手で鍋から出したレトルトカレー

曇天に映えない桜消えそうな輪郭なぞるように見上げる
駅ビルのあちらこちらが春なのに似合うベージュがまだわからない

「三十五までには産んだほうがいい」医師から聞くと余命みたいだ

閉店の張り紙が好き　会ったことないあなたにも人生がある

この町へ「ダーツの旅」が来るかもと思って暮らす希望のように

歳をとる地球は回るコンビニは潰れて選挙事務所に変わる

自撮りするカップル以外無表情マクドナルドの夜は更けゆく

桜ってバラ科なんだね表情に出さないことは知らなくていい

私のことは私にまかせて

肩こりがひどいと奥歯まで痛い　黄砂は国境を越えてここへ

トートバッグに丸めたカーディガン入れて鎖骨に春の陽を浴びて行く

編みかけの白詰草が落ちている　大人がみんな子持ちの町で

おすそ分けあちらこちらでもらってくる母は嫌われていないと知る

指に光るコバルトブルー初めて見た海は綺麗な青じゃなかった

藤の花ひらけば蜂の群れがくる遥か彼方で君は寝不足

文字だけで喧嘩してるのバカみたい大きな声で猫が鳴いてる

食材の値段ひとつも知らないで私はさなぎだったのでしょう

ちゃんとした親にきちんと育てられ折りたたみ傘持ったのに晴れ

図書館で本を返してまた借りる　生きられました、まだ生きます、と

鯉のぼり川を眺めているようで叶わない夢のほうが多い

命日も死因もきっとばらばらで家族それぞれ違うシャンプー

目をつむるだけでも脳は休まって静かな脳は紫陽花のよう

靴下を脱げば素足に南風　私のことは私にまかせて

龍ケ崎

龍ケ崎市は茨城県の県南地域に位置する市である

芍薬がつぼみのままで枯れてゆく　一生無職かもしれないな

太陽光パネルが増えて故郷の景色だんだん黒っぽくなる

龍ケ崎と竜ケ崎と龍ヶ崎と竜ヶ崎が混在して青田風

アンケートモニターとして得る小銭　私はこんなもんじゃないはず

不審者が住んでるというアパートの外壁おだやかなベージュ色

台風の進路予想を母さんが身ぶり手ぶりで教えてくれる

ブロックもミュートも使えない世界　隣人はカーテンを閉めない

障がい者ではなく健常者でもないハローワークでおばけのきもち

求人が一番多い介護職　祖父の死で病んでしまった私

灰色の墓地に造花の明るさはなじむことなく枯れることなく

杭じゃなくて白鷺だった七月の田園風景から飛び立って

父の会社がテレビに映る　父よりも若くて偉い人たちの顔

最下位の私だよ一番下の「無職」の欄にチェックをいれる

独身は異質とみなす故郷が力を入れる子育て支援

ここじゃない場所でこれじゃないくらしをしたい　早めにめくるカレンダー

テレビに映る竜ヶ崎駅降りたった芸人「田舎だな」とつぶやく

カナブンが網戸にぶつかるこの部屋で夏を何回過ごせばいいの

この町は車社会で手をつなぎ歩くカップル違反者のよう

カーナビにきれいな格子状の道ニュータウンとはよそ者の町

「今年蚊に刺されてない」と言う従姉ずっとあなたになりたいんだよ

働けないのってかわいそうなのか　ばあちゃんが握らせる一万円

コンビニにいたカマキリをつかまえて外へと放つワイシャツの人

夏祭り　部屋着のままで出歩いてここで育ってしまったんだな

お神輿は神の乗りものお神輿の上で音頭をとるギャル二人

音はするのに見えなくて夏の夜の暴走族は花火のように

私まだ何もしてない　朝ドラのヒロインはもう子どもが生まれ

道端に落ちている鳩らしき骨　田舎を平和だと思うなよ

生き物はみなグロテスク毛糸だと思ってたのに鶏頭の花

買ったた花をときどきのぞきこみながら商店街を歩いて帰る

踊れない鳥

恋人にしてくれない人ばかり好き　みんな名字に濁点がある

ハネムーン先のホテルの名を母は今もすらすら呪文のように

三つある持病がどれも死ぬほどのやつじゃないからずっとくるしい

パンプスを買いに行きます茨城じゃ見かけることのない金色の

仮装大賞のランプに例えつつ急な体調不良の話

甘えられないよお酒は飲めないし長女の生き方しか知らないし

ラップ越しの焼きそばパンの手触りで青春めいた記憶なだれる

バッグには暖色ばかり詰め込んで人の臓器はこんな色合い

求愛で踊る鳥って平和だな　無言で帰る婚活パーティー

笑ってる絵文字を使いすぎちゃって夜は胎児の形で眠る

田舎ってみんなおかしい　フラミンゴを見られるレストランがにぎわう

辞めるのはどの子だろうかタップして知らないアイドルを拡大する

留学を夢見てたっけ　県境を常磐線で往ったり来たり

内診台で深呼吸するロボットの操縦席に着く面持ちで

何百個目の薬かな厚み増すお薬手帳はパイ生地のよう

白い手をシラスみたいと例えられ海との距離が掴めなくなる

見た目より不幸なんですクリスマスカラーの下着すすめられても

恋はＶ６とする　私って私の病気をゆるせないんだ

MW

推しの声甘ったるくて三月は少し粘り気のある手ざわり

何の店かわからないけど店先に「盗人は殺す」と書いてあり

夜の路地　不審者にあわないための変な歩き方　朧月だね

眠いから春なのだろう親指で犬の茶色い目やにを拭う

またポーチ買って空洞持て余すこんな贅沢は他にないよ

穏やかに暮らしたかったイニシャルのMWが波打っている

分かんないけど天国はこっちじゃない常磐線は曇天を行く

不安には明るい言葉を纏わせる　ミモザを思い浮かべるといい

春風のテラス席にはおしぼりが飛んでも笑える人だけ座る

晴れ女と言えば私も晴れ女　癒えなくたって過去にはなるよ

老犬の頭に載せた花びらが振り落とされないまま続く春

雨が止み四月一日が始まる　悲しい映画ではなさそうだ

家内安全

母さんが健康体操教室でもらった飴が食べずに積もる

指を切るより腹を刺すイメージの赤が鮮やか　包丁を研ぐ

電線にビニールが垂れたままの路地　回覧板を正しく回す

山積みのバナナは臭い　くたびれた人が集まる激安スーパー

頼りたい神様がまだ見つからず少し高価な風邪薬飲む

ぺこ、ぺーた、ぺーちゃん、ぺーすけ愛犬はどの呼び名でもちゃんと振り向く

「これ面白いだろう」って無邪気な目で父が差し出す黒い綿棒

死にたいと言えば殺してくれそうな母さんの手のつぼ強く押す

泣くための湯船に沈めばペディキュアが真っピンクこれバカな色だな

Amazon に自己啓発本ずらーっとおすすめされる私が好きだ

うちに居た頃より肌のつやがいい祖母の手さする老人ホーム

従弟には第二子が生まれるという　ヒールで踏ん張る地面やわらかい

本心は伝えないまま文末に間仕切りとして置く感嘆符

猫よ雲よカメラロールに人影が無くても生きていられるのです

あと何回家内安全を願ったら実家ではない場所に住めるの

母さんが「おなか痛い」と言うなんていつか死んじゃう日も来るんだね

大小の心配ごとを転がして枕元に今日も頓服薬

ゴーヤーのカーテン茂る　いい加減家族以外の愛に触れたい

ブローチの犬

乗り過ごしちゃったようだね柴犬の話で忙しい私たち

梅雨空の下で君が持つかき氷いつまでもいつまでも黄緑

噴水が　すん　と止まって夕方が夜に変わった瞬間を見た

さっき見た景色がツイートされている君の名のアルファベットきれい

こう見えて楽しいのです雨粒で濃くなってゆくスカートの色

恋人は家族ではない　見慣れない形の爪に見とれてしまう

できるだけ涼しい場所で眠らせる君にもらったブローチの犬

「どんな人？」でなく「やさしい人？」と聞く母さんが定位置へと座る

百均のランチョンマットはチェック柄ばかりでそれを平和と呼ぼう

落花生畑見たことありますか遠くで生まれ育った恋人

昼寝どき電車の中を滑ってくスーツケースを誰も止めない

階段でロングスカートを摘まめば優雅な気持ち　改札口へ

聞いたことない掛け声で担がれるお神輿君の育った町だ

「海老だよ」と知らせてくれる君と行くフードコートにたくさんの海老

しあわせになれるだろうか（しあわせとは？）百万円の豆柴を見る

生き別れなんて嫌だな恋人はヴィレッジヴァンガードの藪のなか

絶対に自分じゃ選ばない映画を観て海辺に住みたくなった

夏の夜のイオンモールの駐車場つないでないほうの手で指す星

第3位

母さんのルールは私のルールじゃない元気な朝におかゆおいしい

晴天が続いて気象予報士がにこやかになる　平和みたいだ

酔い止めに「これはおくすりです」の文字かなしい遠足だってあるって

二階から聞こえる会話　両親は私の耳の良さを知らない

源氏名でフェイスブックに現れた同級生の男子の面影

蟬しぐれ　肩書きが無いのを責めてくるのは初めて会う人ばかり

スーパーの入口に切り花売場　百合のにおいは葬式のにおい

有名になりそうな人第3位だから捨てない卒業文集

やることがない父さんは朝ドラにあわせて起きる勤めのように

私とはヒトという名の動物で漢方薬は嗅いでから飲む

三日月の名の付くパンを食べている　この世の終わりはきっと満月

熱帯夜　いくつかの持病を抱えひとつの身体からはみ出そう

イヤリングを外し忘れていつもよりおしゃれな顔で湯船に浸かる

信じれば救われますか　まじないのように噛まずに溶かすトローチ

あと何回会えるんだろうぼけてきたばあちゃん運転やめないじいちゃん

ニュースを見る度に不安だ　母さんは居間で太極拳をしている

解散はないと思ってたバンドの解散　私もう若くない

どの花が私っぽいか選んでる君は花より木のような人

盲目な恋じゃない　薦めてくれた美大生っぽいシャツは買わない

蒸し暑い午後に私の好きそうな窓を見つけて教えてくれる

鈴の音で気が狂う日もあるだろうリンリンリンリン遠ざかる猫

楽だって君が言うから二人して後ろを向いて坂を上った

目を閉じてセミの声を聞く古書店は不安なく目を閉じられる場所

柴犬の写真集には柴犬のセリフが書かれていてバカみたい

ひとりでは歩けそうにない雑踏をウォーリーに似た恋人と行く

手をつなぐ腕をからます汗をかくＧＵにもう秋物がある

五時からは夜になるカフェ夜の客にはちょっといいおしぼりを出す

調べずに入った店が美味しくて信仰を失ってしまった
いま食べたペペロンチーノを謝られ数十分後のキスを思うよ

もう不幸とは言えなくて雷は遠い夜空を光らせるだけ

君の口から知らない星の名を聞く　私たちよく出会えましたね

夜は寝てしまうよ　天体観測は遠く離れた国のお祭り

また君が「未来は明るい」と言うから占い全部どうでもいいわ

ツイッターの才能はないけど幸せ　おみやげのイヤリングが揺れる

プロムクイーンになりたかった

ユニクロを着ない季節がないことが少しこわいね冬の早朝

鬱っぽい重みの身体引きずって元気な色の湯たんぽ運ぶ

両親は二人がかりで愛犬に服を着せる　孫のいない二人

仕事休みたいと思う暇もなく早々と冷めてゆくポタージュ

あくまでも通過点だよ　健康なスタッフさんの言うことを聞く

最果ての職場　ラジオから流れるハイテンションなＤＪの声

仕事って何なのだろう「水分をとります」と言ってから水を飲む

目薬で強制的に目をつむる休憩が上手にできなくて

「言わなくちゃ伝わらない」と叱られて一人で生きてきた人のよう

冷え性の手で給与明細受け取る　プロムクイーンになりたかった

私には学歴も職歴もない百円ショップは物であふれて

一日中眠い今日なら夢でみた知らない家にたどり着けそう

ヒーターがまぶしい　五年後の私がどこにいるのか教えてほしい

冬のせい北風のせい欠勤が続いた人の名札は消えた

私にもできる仕事は誰にでもできる仕事だ　かさかさの指

今日もまた作業が遅いと叱られる　ここの誰より詩人の私
夕暮れの空や落ち葉の色合いを気にも留めずに生きられたなら

バイパス

祝日も命日も忘れてしまう私のバッグ今日も重たい

庭に咲くさくら、れんぎょう、ゆきやなぎ　愛犬が失明しても春

私にしか読めない文字で書かれてる手帳に君の名前を隠す

駅前のショッピングセンターは廃墟　床の模様をまだ覚えてる

色褪せた「BABY　IN　CAR」もうきっとBABYじゃない誰かの子ども

三歳の頃には何をしてたっけ積み木が触れ合う音ばかりする

たんぽぽの咲く駐車場　選ぶならここを故郷にはしないのに

蚊以外の虫は素手ではつぶさない好きなことしてお金が欲しい

空がもう夏になってる　メンバーが減ったバンドの物足りなさよ

ディストピアみたいな町の銀だこに列　たこやきはハッピーなもの

恋人を真似て絵文字を使わなくなって私が大人びてゆく

自分ではどうにもできないことばかり　川は一方向に流れる

何もかも気圧のせいにしておけば誰も傷つかない空の下

モノクロの映画は眠くなる黒く流れる主人公の血液

夏生まれのパワーは夏に強くなり嫌いな人が次々辞める

退屈な日々の途中でパトカーが近くに停まるだけでうれしい

神様を信じたり信じなかったり鳥がカマキリついばんでいる

ずっと好きでいられるのかな　画面越しのキスは君より自分を見てた

夏フェスに行くことはなく洗顔をおろそかにして日曜の朝

三本のメガネで三種類の顔　私を知った気にならないで

お金には困らない人生だって信じているよ小雨を浴びる

花よりも先に葉っぱが枯れてゆく　つらいときほど笑うみたいに

恋人の寝顔を想像する時間矢じりを研ぐように膝を洗う

この町へ季節の移ろいを知らせるバイパス沿いのココスののぼり

道ばたに転がった松ぼっくりの触らなくてもわかる手触り

柴犬を一匹飼って可愛がり看取った平成だった　さよなら

街と町

いちょうの葉だけ詰められたゴミ袋　終わらないパーティーがしたいよ

「ディズニーランドみたいだね」って指差した東京駅のレンガの駅舎

S音の名前が似合う恋人とさらりと話す将来のこと

コンタクトのチラシを配るおねえさんメガネの人へ強く差し出す

二人とも方向音痴　韻踏んで「YO!」「YO!」言って夜を歩いた

手を振って別々の家へと帰る　「さみしそう」って言うのに、君は

北風が吹き抜けてゆく無人駅　ちいさくちいさく私がしぼむ

コンビニの壁には「飲酒禁止」の字その上に「酒飲まないで」の字

雪の降る車窓は水墨画のようで目を閉じぬまま終着駅へ

がんばれる体が欲しい　冷たいと分かっていてもベンチに座る

間違いじゃないのに不安になっていく　広すぎる駐車場を歩く

どこまでも田んぼは続く　孤独より先が見えないことがこわいの

吐瀉物がいつもと同じ場所にあり商店街はまだ生きている

幸せはミスタードーナツの箱に宿っているよ　冬晴れの午後

君の住む街の色合いを眺める　街と町では彩度が違う

ペットショップで飼うことのない子犬抱くことにも慣れて悪い女だ

パンケーキ一口分けてくれるとき君は恋人というより親鳥

あかい月　「この世の終わりかもね」　って言われてそれでいい気もしてる

マスクしたままでキスするふりをしてエレベーターは下界へ向かう

クリスマスだけ来る客

恋人と行った映画の続編を恋人のままの二人で観る

手ピカジェルを持ち歩き清潔な手で友達がいない　清潔な手だ

いつだって下の名前で呼ばれてる　ワタナベっぽくないと言われて

不安げな目がキャバリアに似ていると言われて冬は始まったばかり

子宮頸がん検診の出血よ　見えない傷は深く思えて

新しい私は眼鏡をかけていて同級生に気づかれず下車

夜型の恋人のＳＮＳを見る朝　同じ国にいるのに

認知症の祖母に会うたび「はじめまして」と言われる　何度でも出会おうよ

犬飼ってたんだよな、っておしっこの染みの残った廊下にしゃがむ

母さんの叫び声によく似た音を出し回転を止めた洗濯機

パフェよりも今川焼きが食べたくて寒さは人を変えてしまうよ

コワモテの人にも配膳ロボットはいつも通りの「ありがとにゃー」を

君が書く手書きフォントのような文字取り出して口に入れてみたくて

「クリスマスだけ来る客になろうよ」とドラマのなかへ誘われている

できるだけ優しく言おうとする君のゆっくり減ってゆくチーズケーキ

端のほうだって私の体だよ　自転車漕げば凍りだす耳

天国にいる人みんな白い服着てそうイエベでもブルべでも

低下する気圧を感じる朝　私、本当に地球生まれなのかな

永遠を信じてはだめプリザーブドフラワー枯れずにカビ生えている

パーカーのフードをかぶり妹は卵焼き焼く　春待つように

けたたましい暴走族にパトカーが加わり遠くなってゆく音

無職でも愛してほしい　初夢を覚えていないくらい眠った

春の身体

新型コロナウイルスが流行

死化粧された私を見てみたい裸眼で描いてゆくアイブロウ

妹のものだとわかる金色の抜け毛を捨てる　もう似てないね

南風　洗濯されたぬいぐるみ町を眺めるように干されて

沈丁花のにおい　私は何冊の交換日記止めたんだろう

またひとつアカウント消しひとりでも生きられそうな整った爪

庭先の桜ためらいなく舞って実家暮らしをあざ笑うよう

カフェインが苦手と気づく　音程の少しずれてるウグイスの声

母さんのセンスで選ばれた柄のタオルがダサい実家で暮らす

ストレスが痛みに変わる　ボーダーのカットソー着て春の身体だ

このお皿うちにもあるな　いいねするほどじゃないけどうれしかったよ

いつまでもここにいちゃだめ画数の多い住所に慣れてしまって

割れている窓にデリバリーピザの箱貼り付けてあるラグビー部寮

ネパールの生き神のこと思い出す気兼ねなく触れあえない春に

「猛犬に注意！」あなたが猛犬になってしまった理由きかせて

今はもう死にたくなくなったんだな非常食としてソイジョイを買う

距離をとることは余白を作ること　レジ待つ列は歌集のように

自らを父さんと呼ぶ父さんのために存在する私だよ

廃番になったお菓子の歯ざわりを思い出したりして春の夜

ゆるせないけどあきらめるはためいた洗濯物が窓に触れてる

玄関に花びらが吹き込んでくる　選んで死ねるなら春がいい

神社から鈴緒は消えて神様が聞いてくれてる気がしなかった

一本だけ生えた白髪を光らせて未来が明るそうでこわいわ

自転車を漕ぎながらブレザーを脱ぐ少年　春が初夏へと移る

陰を照らすユーモア

伊波真人

写真付きの身分証ひとつも無くて私は私で合っていますか
母さんの靴下だけが五本指母さんにだけ旧姓がある
閉店の張り紙が好き　会ったことないあなたにも人生がある

『この窓じゃない』は、佐倉さんの第一歌集である。この歌集を通して、佐倉さんのことを知ったという読者も多いかと思うが、さくらまりこ名義で第六十二回短歌研究新人賞の候補作に選ばれた、冒頭に引いた三首を含む、「知らなくていい」で、その詩才の片鱗を覗かせている。

独身は異質とみなす故郷が力を入れる子育て支援
テレビに映る竜ヶ崎駅降りたった芸人「田舎だな」とつぶやく

連作「龍ケ崎」から引いた。龍ケ崎というのは、茨城県に存在する地名であり、連作のタイトルにもなっているように、茨城という題材は、佐倉さんの歌に、たびたび登場する。茨城で生まれ育った佐倉さんにとって、茨城という土地は、大きな存在であるようだ。

ここじゃない場所でこれじゃないくらしをしたい　早めにめくるカレンダー
北風が吹き抜けてゆく無人駅　ちいさくちいさく私がしぼむ

佐倉さんが茨城を詠むとき、そこには、翳りが感じられる。故郷である茨城に対して、佐倉さんは、屈折した思いを抱えているようである。

恋はV6とする　私って私の病気をゆるせないんだ
間違いじゃないのに不安になっていく　広すぎる駐車場を歩く

また、佐倉さんは、不安障がいという病気を抱えており、その視点から詠まれた歌も目を引く。不安障がいならではの視点から生まれた歌は、短歌というジャンルに、新たな世界を加えるだろう。

「ゆううつ」とフリック入力する指が軽快すぎるから見においで
仮装大賞のランプに例えつつ急な体調不良の話
「これ面白いだろう」って無邪気な目で父が差し出す黒い綿棒
イヤリングを外し忘れていつもよりおしゃれな顔で湯船に浸かる
柴犬の写真集には柴犬のセリフが書かれていてバカみたい

故郷への屈折した思いや不安障がいという病気など、ネガティブな要素をいくつも抱えながらも、佐倉さんの歌の世界は、決して、それだけで終わらない。天性のユーモアの感覚が、佐倉さんの歌の世界に親しみやすさを与えている。佐倉さんの歌が持つ、ユーモアの力でネガティブな光景を反転させる、絶妙なバランスに惹かれる読者は、多いだろう。私は、佐倉さんの歌が、幅広い読者に受け入れられることを強く予感している。

あとがき

映画『ロスト・イン・トランスレーション』に「女の子はみんな手の写真を撮ったりするもの」というようなセリフがあった。

この映画を観たとき、私はまさに手の写真を撮っている女の子だった。カメラで身の回りの風景を切り取るのが楽しくて、それが特別なことだと思っていた当時、このセリフを聞いて恥ずかしい気持ちになり、それ以降は写真を撮らなくなった。

不安障がいのせいでろくに学校に通えず、引きこもりだった私は、常に劣等感を持っていて、悲しくて、死を身近なものとして感じていた。大人になった自分なんて想像できなくて、きっと明日にでも自ら死を選んでしまうだろうと思っていた。

ただ、私の死に対する気持ちには勢いがなくて、ずっと苦しい苦しいと思いながらも、実際に死ぬことはなく、一日一日を生き延びていた。

二十歳になったころ、スペースシャワーTVで見たミュージックビデオがきっかけでBase Ball Bearのファンになった。ライブを見に行ってみたいと思うようになり、外へ出かける練習を始めた。まずは近所の散歩から始めて、その後、それまでは自分で適当に切っていた髪を母が通っていた美容室で切ってもらえるようになった。

そして、その美容室に置かれていた雑誌に載っていた短歌の特集ページをきっかけに作歌を始め、私は短歌というかたちで日々を切り取る楽しさを知った。

私にとって、短歌は初めて劣等感を感じずに楽しめるものだった。それがどれほど嬉しかったか！

その喜びが大きかったからこそ、十年以上短歌を作り続けてきたのだと思うし、きっとこれからも作り続けてゆくのだろうと思う。

私はいま、三十七歳。こんなに長生きできると思わなかった。これからの自分を楽しみにしている。

歌集の刊行にあたり、田島安江さんをはじめ書肆侃侃房の皆さまに感謝いたします。すてきな装画を描いてくださったmameさん、監修を引き受けてくださった伊波真人さん、短歌を通じて知り合った皆さま、そして読者の皆さまに感謝いたします。

二〇二四年十二月　　　　佐倉麻里子

■著者略歴

佐倉麻里子（さくら・まりこ）
1987年生まれ。茨城県出身。
2012年ごろから作歌をはじめ、NHK短歌や毎日歌壇などに投稿。
第62回短歌研究新人賞候補作。

ユニヴェール23
歌集　この窓じゃない

二〇二五年三月十日　第一刷発行

著　者　佐倉麻里子
発行者　池田雪
発行所　株式会社 書肆侃侃房（しょしかんかんぼう）
〒八一〇－〇〇四一
福岡市中央区大名二－八－十八－五〇一
TEL：〇九二－七三五－二八〇二
FAX：〇九二－七三五－二七九二
http://www.kankanbou.com info@kankanbou.com

監　修　伊波真人
編　集　田島安江
装　幀　藤田瞳
DTP　黒木留実
印刷・製本　亜細亜印刷株式会社

ISBN978-4-86385-668-4　C0092